夏目漱石の百句

井上泰至

漱石の幸福

ふらんす堂

目次

はじめに――漱石の息づかい

苦しんだり、怒ったり、騒いだり、泣いたりは人の世につきものだ。余も三十年の間それを仕通して、飽々した。飽き飽きした上に芝居や小説で同じ刺激を繰り返しては大変だ。余が欲する詩はそんな世間的の人情を鼓舞する様なものではない。（中略）ことに西洋の詩になると、人事が根本になるから所謂詩歌の純粋なるものもこの境を解脱する事を知らぬ。どこまでも同情だとか、愛だとか、正義だとか、自由だとか、浮世の勧工場にあるものだけで用を弁じている。いくら詩的になっても地面の上を馳けてあるいて、銭の勘定を忘れるひまがない。

（『草枕』）

人間漱石の歩みは、今やインターネットで簡単にその「情報」を拾える。しかし、それでは彼の心の奥に潜む影や息づかいには到底手が届かない。漱石の言う、

「浮世の勧工場」、今でいうコンビニやスーパーのように、便利に選べるように配置された場でのものに過ぎないからだ。

かといって筆まめだった彼の手紙を読んでみるのは、骨が折れる。幸い漱石には、生涯を通じて親しんだ俳句がある。或いは親愛なる友との交際を飾り、或いは自問自答する日記の書きつけの一部として。

そこで、我々の前にある漱石俳句から、彼の心を彩ってきた情景を選んでみた。漱石の「体温」が立ち上がってくるように。短気な漱石、権威が大嫌いな漱石、愛に飢えた漱石、友を大切にした漱石、ユーモアを愛した漱石。そして何より、心の救いを俳句に求めた漱石。句は年代順に、同じ年の句はおおむね季の順に配した。

漱石の撮ったスナップショット百枚に、簡単なキャプションを付けてみたらこうなる、と想像してみてほしい。あの漱石が、俳句という極小の器に、幸福を見いだし、そこに浸っていたことが、その息づかいから伝わってくるはずだ。

夏目漱石の百句

聞かふとて誰も待たぬに時鳥《ほととぎす》

明治二二年

1

漱石を俳句に誘ったのは子規だった。喀血をして早死にを覚悟した彼に、四日後漱石は、「小にしては御母堂のため、大にしては国家のため自愛せられん事こそ望ましく」と手紙で激励し、この句を贈った。死出の鳥でもあった時鳥の声など誰も待たぬのに、と詠んだ後、自分の兄も結核を患っていることを告白し、「かく時鳥が多くてはさすが風流の某も閉口の外なし。呵々」と笑って見せる。親孝行と国家への貢献を以て励ますあたり、明治のエリートの「志」が見て取れる。俳句は交際のツールでもあり、近代文学の主役の二人を繋いでいく。

西行も笠ぬいで見る富士の山

明治二三年

2

富士に向かい、笠と風呂敷を置いて振り仰ぐ西行。このお決まりの場面は、絵ではよく背面から描かれた。〈風になびく富士の煙の空に消えて行方も知らぬ我が思ひかな〉の名吟からのイメージである。子規の〈西行の顔も見えけり富士の山〉は、西行歌の「我が思ひ」を「顔」に転じ、背面の西行像を正面に据えた面白味がある。対する漱石は、富士を仰ぎ見る西行と心通わせ、自分も富士を振り仰いでいる姿態を暗示した。若い二人は、まだ写生をやっていない。無季句だが、芭蕉の〈命なりわづかの笠の下涼み〉のような夏の感じはする。

朝《あさ》貌《がほ》や咲た許《ばか》りの命哉

明治二四年

3

漱石は、家族の愛薄く育った。その彼は兄嫁の登世《とせ》に惚れ込んだ。心に余裕のある女性で、話を聞いてもらっているうちに救われた。同い年の彼女は「懐妊の気味にて悪阻《つわり》」により、二五歳の若さで早逝。漱石の悲嘆は想像に余りある。子規に下手な句をいくつも見せた。「朝貌」に託された恋の世界は、人間が一般に憧れを抱く幸せの儚さをこそ象徴するものとして詠まれてきた。〈見し折のつゆ忘られぬ朝顔の花の盛りは過ぎやしぬらん〉（『源氏物語』「朝顔」）。瞼の中では、彼女の瑞々しさは、鮮烈に残っている。だからなおのこと、嘆きは深い。

今日よりは誰に見立ん秋の月

明治二四年

4

漱石が、I love you. を、「月が綺麗ですね」と訳すのがいいと学生に指導した話の出典は見当らない。しかし、名月の下、麗人と自分だけがいればいい、といった理想化は彼らしい。「自分は何うあっても女の霊というか、魂というか、所謂スピリットを攫まなければ満足が出来ない」（『行人』）と後に書く漱石にとっては、愛に飢えた故の、愛への貪欲だった。男性の女性への嗜好は、変わらないことが多い。特に漱石の場合、その色が濃い。対象を喪失した思慕は、彼の場合、清澄な「月」に託され、理想化された面影は、心の底深く沈んでゆく。

鳴くならば満月になけほとゝぎす

明治二五年

5

子規は授業に出ない。大学を落第することが決まった。退学を考えた子規に、授業がつまらなくても卒業するのが「上分別」だと手紙を送り、この句を添えた。「満月」は卒業の意。〈ほととぎす鳴きつる方を眺むればただ有明の月ぞ残れる〉と『百人一首』にあるように、不如帰は待たせる鳥で、「俺は待っているぞ」という含意もある。子規も漱石の勧めで心理学の授業だけは写生理論の参考になったから、ノートを真面目にとっていたが、自分には時間がないと見切った彼は、結局新聞記者になって俳句革新という紙つぶてを文壇に投げつけるに至る。

病む人の巨《こ》燵《たつ》離れて雪見かな

明治二五年

6

病を養っていた人が、気分一新すべく巨燵を出て雪見する侘しさと晴れやかさが受け取れる。しかし、実際はそれだけではない。漱石は初めて教壇に立った東京専門学校で、真面目に授業をやりすぎ、不評の学生から追い出されそうだという噂が子規の耳に入った。これを知った漱石が、辞めさせられるのは御免こうむると手紙に書いて寄越した時にこの句を添えた。つまり、仮病を使って雪見と洒落込むということだ。『坊っちゃん』を想起すれば、漱石が熱心で直情の余り、生徒と衝突するのはわかる気がする。

弦音にほたりと落る椿かな

明治二七年

7

漱石は多趣味な男だ。『吾輩は猫である』の苦沙弥先生は、どれもモノになっていないと猫に評されているが。その一つに弓道がある。大学院在学中、友人の誘いで始めた。一時は朝夕二度、日に百本は放ったという。松山から熊本五高に転任して、寺田寅彦から俳句とはいかなるものか尋ねられ、去来の〈秋風や白木の弓に弦張らん〉を挙げたという。弓と俳句は、集中力や呼吸の点で相通ずると見ていたか。白木は、塗弓より弓の冴えや弦音を味わえる。弦音で椿が落ちたと因果で捉えてはいけない。的中の間と音が「ほたり」と通い合う、ということか。

目出たさは夢に遊んで九時に起き

明治二十七年

子規は自分の俳友たちの句を集めてアンソロジーを作っていた。題して『なじみ集』。漱石の句も一七句載せられているが、号は「凸凹《でこぼこ》」。あばた面だった自分の顔を自嘲してこう名乗った。松山中学教師時代のあだ名も、「鬼瓦」である。今日残る肖像写真は修正済み。見合い写真もそうだった。結構気にしていたわけで、俳句は自分を解放する器だったことも見えてくる。漱石は俳句を眠りの文学だとも言っている。この無季の句、漱石の文字通り素顔が曝されている。かえって、季語のしばりなどない方が、率直な本音を吐露しやすかったろう。

初夢や金も拾はず死にもせず

明治二八年

京都育ちの筆者は、江戸っ子に憧れがある。こういう開き直ったような啖呵は、江戸弁の口吻そのものだ。「初夢初夢ってめでたがってる奴が大勢いるが、何だい。気が知れないねえ。元旦も厄日も同じ一日じゃアねえか。なすびが夢にちょろちょろっと出て来たって、大金も拾わねえかわり、ぽっくり死ぬこともねえのサ」。こんな落語の科白を書いてみたくなる。「すすどし」という形容語がかつてあった。動作・態度・気性、それに言葉の勢いが激しく、機敏であることをいう。短気で肚に一物がないので、言葉の荒々しさの割りに、人は信用できる。

東西南北より吹雪哉

明治二八年

松山中学に赴任してから、漱石は俳句に本腰を入れ出す。子規に送った句稿中の一句。音読しかけて一七音にならないことに気づき、ちょっと間を置いて、訓よみしてみるときちんと五七五に収まることを知る。〈いくたびも雪の深さを尋ねけり　子規〉。吹雪に限らず、雪には悲愴感がまま伴う。しかし、この句の機智からは吹雪の暴れようとともに、笑いを帯びた軽さが感じられる。吹雪のただなかに立つと、視界はかき消されてゆく。もうどうにでもしやがれ、といった啖呵を切った感じも、「東西南北」の読みの揺れには漂う。

愚陀仏は主人の名なり冬籠

明治二八年

愚陀仏は、漱石の号の一つで、ぐだぐだとうるさい男と言う意味。我ながらそれを持て余しての命名だ。松山の漱石の下宿の庵号でもある。日清戦争の従軍を終えて帰国した子規から俳句を学ぶのは望むところだった。句会がうるさかったから仕方なく書斎から降りて参加したと後年書いている（「正岡子規」）が、松山の人たちは句会も静かで、漱石も自主的に参加したと証言する。もはや帰るところが松山になく、帰国の途中で大喀血した子規の惨状を明記しない配慮だったか。人助けを吹聴するなんぞ、江戸っ子のやることではない、という。

思ふ事只一筋に乙鳥《つばめ》かな

明治二八年

〈水につれて流るるやうな乙鳥かな　才麿〉。燕の飛行は水際立っている。〈水に見る己が自在やつばくらめ　嘯山〉。こうなると憧れの匂いもする。ただし、漱石の「乙鳥」は愚直だ。「只一筋」には思い入れがあって、気の利いた詠み方をしていない。「乙鳥」としたのには由来がある。旧暦七十二候では「玄鳥至る」というのがあって、燕は四月、南方から飛来して春の到来を告げる鳥とされていた。「玄」は黒で羽の色を指す。「乙」は尾の羽の形を見立てたと言われ、その切っ先が象徴されていた。愚直にして短気な性と言えば、『坊っちゃん』だ。

叩《たた》かれて昼の蚊を吐く木魚哉

明治二八年

13

漱石句の魅力に、滑稽を見いだしたのは子規であった。真面目な人間ほど滑稽が詠めるとも評した。有り難い読経で木魚を叩くたび、蚊が吐き出される。場が厳かな法要だけに、滑稽は増す。炎暑の昼は蚊も大人しく、木魚の中に涼を求めて潜んでいた。読経の木魚を叩く行為は、有り難いどころか迷惑千万だという、価値の逆転の滑稽。大田南畝の『一話一言』に六花堂東柳の〈たたかれて蚊を吐く昼の木魚哉〉があり、等類との指摘がある。そこは割り引いても、「昼の蚊」としてこそ、この価値の逆転が利いてくることは確かだ。

三方は竹緑なり秋の水

明治二八年

句稿から、子規の評点「〇」が二つついた句を引いた。「三方は」が説明の憾みはあるが、竹の緑と澄み切った秋の水の配合によって、秋日と秋水の双方が引き立ち浮かんでくる。水が川や湖ではなく、池であることもわかる。〈雪残る頂き一つ国境　子規〉〈紅い椿白い椿と落ちにけり　碧梧桐〉など、子規の目指した印象明瞭な「新俳句」は、西洋の絵画理論の影響を受けて、色の対比を盛んに行った。掲句は、その子規の理論に適った句作りということになる。漱石先生修行中の一コマというところ。なお、漱石は芯が空なる竹の絵をよく描いた。

この夕野分に向て分れけり

明治二八年

子規は東京に向かう。最後の松山だという覚悟があった。漱石もそのことは感じていたであろう。漱石に残した離別の句は〈行く我にとゞまる汝に秋二つ〉。死を意識すると、「秋」はいよいよ心に迫ってくる。それでも子規は「秋二つ」と客観的にモノに託して、故郷を決然と後にする。漱石の「秋」とは決定的な差がある。後ろは振り返らない。漱石の方が「夕」の「野分」を詠んで、情に流れた。秋風は、漢詩世界でも殺気をおびて蕭条、涙をも誘う。こう両句を読み比べてみると、漱石は歩行も怪しい子規の背中を追っている。

達磨忌や達磨に似たる顔は誰

明治二八年

禅の祖師たる達磨の忌日は、この年の一一月二一日。まずは、法会の一コマの雑談の一景と取れよう。「顔は誰」という問いかけに味がある。達磨は目を入れて完成するが、顔のなぞかけも、画の発想から来ているかも知れない。僧服に頭ごと包んだ、朦朧とした空白の部分に、どういう顔を描いて見せるか、禅問答のように問いかけられている感じもする。ちなみに、漱石は書斎に自画の達磨像を飾っていた。心の桎梏を解き放つべく、若き日から参禅して救いを求めた漱石を思い起こすと、こうした軽い句の背後に、冷ややかなものも感じ取れる。

武蔵下総山なき国の小春哉

明治二八年

17

子規はこういう句に高得点を与えた。〈春の水山なき国を流れけり　蕪村〉。いくら蕪村を尊敬していても、「山なき国」で三方山に囲まれた京都と異なる関東平野を暗示する観念的な詠み方は、「月並」として攻撃した。「大中小」と言われても、料理の分量は思いつかない。約束事に拠った言葉遣いでは、子規の目指す印象明瞭な句はできない。そのへんを漱石は十分弁えていたからか、同じ「山なき国」とは詠んでも、「武蔵下総」を置いて、国境の山もない、坂東の広漠たる冬野に、小春日が一面あたる景を俯瞰した。これなら問題ないのである。

逢恋

降る雪よ今宵ばかりは積れかし

明治二九年

「逢恋」を詠んだ、恋の題詠句群の一つ。江戸後期の恋愛小説、為永春水の『春色梅児誉美』の一場面を思い起こす。決まった相手がいながら、様々な女に「夢」を与える色男が、一旦は別れた愛人のところに出かける。罪作りな男は、相変わらず優しい。互いの強い決意とは裏腹に心の火を消すことは叶わず、男はつい長居をし、女はつい引き留める。折から降り出した雪は積りだし、二人は昔の「夢」を結んでしまう。なんと意志が弱いと思う向きは恋を知らない。「どれだけと数えられる恋ほど貧しいものはない」とは、シェイクスピアの名言だ。

忍恋

人に言へぬ願の糸の乱れかな

明治二九年

前の句同様、「忍恋」を題に詠んだ。英国詩人テニスンの「シャロット姫」をふまえた、「長き袂に雲の如くにまつわるは人に言えぬ願の糸の乱れなるべし」（漱石『薤露行』「鏡」）という一節がある。姫は塔に籠り、鏡を見続けてそこに映る景色を機織りしている。窓から直接下の景色を眺めてはならないという呪いをかけられていた。騎士ランスロットの面影を慕って、禁忌を侵したい気持ちを抑えつつ。後に漱石は、ロンドンでこの画題の絵を見て、姫に呪いの糸がまとわりついている趣向を、小説『薤露行』に転用した。「願の糸」で秋。

薺摘んで母なき子なり一つ家

明治二九年

20

漱石の母は千枝といい、父直克の後妻だった。漱石を生んだのは数えの四二歳の時。漱石は一歳で塩原昌之助の所へ養子にやられる。養母のやすも最初は彼を可愛がったが、やがて夫婦仲が悪くなり、離縁する。後に『道草』ではモデルとして書いているが、養母には好感を持っていなかった。漱石も実家に戻るが、実母の死に目には会えなかった。漱石は二人の母に心から甘えたことがない。道端の薺を摘んでも、見せる母はいない。家もぽつんと野中の一軒家だ。この空白が、漱石の心の基調には常にある。

端然と恋をして居る雛かな

明治二九年

21

恋は本来、理性を超えた、行儀の悪いモノである。またその山場を越えてこそ、その先に好い仲というものがある。ところがお内裏様とお雛様は、そんな猥雑さのかけらもなく、居住まいを正し着座して動かない。しかし、漱石の眼からみれば、「端然」とあればあるだけ、高貴な二人の「恋」はにじみ出てくる。表面的には俳句の滑稽ということになる。しかし、母に捨てられ、甘えることのできない漱石の心を覗いてみれば、抑圧された中での愛にこそ、彼は心から親和できるのである。漱石のガラスのような孤愁の心は、俳句を得て救われている。

限りなき春の風なり馬の上

明治二九年

漢詩もよくした伊達政宗に「馬上少年過ぐ、世平かにして白髪多し」の一連がある。若き日に戦場を駆け回った日もたちまち過ぎて、老年となった。だからこそ世を愉しもうということになる。馬上の気分を季節に託すべく、「限りなき春の風」が選ばれた。春風はいくら吹かれても心地よい。馬を走らせれば、目線は高く、風は尽きることなく過ぎっていく。しかし、春という時間には「限り」がある。その含意に目を留めれば、馬上の春風を惜しみ、味わい尽くそうという心の構えは、いっそう募ってくる。

永き日やあくびうつして分れ行く

明治二九年

松山での虚子との別れの句である。前年暮、子規から後継に指名されたのを断ったため虚子はつらく当たられ、漱石が二人の仲を取り持った。漱石も虚子を気に入っており、虚子はシンデレラボーイだった。後年、虚子はよく欠伸をしたという。選句中は虚空を見上げたとも。俳句は深呼吸のようなものだ、という言葉も残している。欠伸や深呼吸をすれば、必ずいい句が生まれるというものではないが、息を詰め、肩を怒らす、あるいはそのような心持ちで俳句は詠むものではないという思いも伝わってくる。いい意味の「余裕」は、漱石の句にも通じる。

どつしりと尻を据えたる南瓜かな

明治二九年

24

南瓜ほど「愚」なる形状の生り物はない。後に子規は辞世で糸瓜を詠んで、その忌日は「糸瓜忌」と呼ばれた。同じ「瓜」の一族だから、子規に手向けるのに南瓜の句もまんざら悪くはあるまい、と子規没後四年経って刊行した『吾輩は猫である』中編の序文でこの句を引いた。伊藤若冲や酒井抱一も描いた、俳画に格好の題材である。序文では君が糸瓜なら、僕は南瓜だと旧作を引いた部分で、自分は人の思惑通りには生きないから安心しろ、と泉下の子規に語っている。もう少しこの世にいて仕事をするという手応えを確かめている感じだ。

日あたりや熟柿の如き心地あり

明治二九年

発想の奇抜さで子規から高い評価を得た。自然の中で甘さを熟成させ、蕩けている。晩秋から初冬の「暖」は恩寵なのだ。漱石自身の言葉を引こう。「小春と云えば名前を聞いてさえ熟柿の様ない、心持になる。ことに今年はいつになく暖かなので袷《あわせ》羽織に綿入一枚の出で立ちさえ軽々とした快い感じを添える。（中略）肌の細かな赤土が泥濘《ぬか》りもせず干乾びもせず、ねっとりとして日の色を含んだ景色程難有いものはない」（「趣味の遺伝」）。「熟柿」の深い朱は、日の色に通じる。「日」からの贈り物が、身体の芯を解いてゆくのである。

凩《こがらし》や海に夕日を吹き落す

明治二九年

26

「吹き落す」の誇張は、漱石が親しんだ漢詩世界のレトリックを彷彿とさせる。吹き落とされるのは、頭巾だったり、書物だったり、花だったり様々あるが、凩の頃の夕べは、確かに落日が早く、こんな感じもする。また入日の先が、山や野でなく、海であることで、〈凩の果はありけり海の音　言水〉や、〈海に出て木枯帰るところなし　山口誓子〉が想起され、風の音、海の音も聞こえてくる。比べてみると、漱石のこの句の手柄は、言水や誓子と違って、「夕日」の色と小ささを詠んだ点にあることがわかる。

先生や屋根に書を読む煤払

明治二九年

〈先生と呼ばれるほどの馬鹿でなし〉という川柳がある。生き方の模範を示す尊称でもあり、反転して揶揄ともなる。「書」は、料理本とか絵本、ましてや好色本ではない。人生の道を教え諭す真理の書でなければならない。そういう「先生」はエライかも知れないが、実社会の論理からは遊離しがちで、逆にそういう人間が先生に納まりやすい。俳句には「煤逃げ」という言葉もあるが、役に立たなくて、屋根に追われても「書」を読む滑稽が一句にはある。「書を捨てよ、町へ出よう」と煽った詩人もいたが、屋根の広景には、真理への俯瞰もある。

人に死し鶴に生れて冴返る

明治三〇年

「梅妻鶴子」という熟語がある。中国宋代の詩人林逋《りんぽ》は、隠遁して西湖のほとりに住んでいたが、妻をめとらず梅を植え、子のかわりに鶴を飼い、船を湖に浮かべて風雅に暮らしたという。隠棲詩人の憧れの境地として、広く知られた。この頃、漱石の妻の鏡子は第一子を流産して、肉体的にも精神的にも不安定だった。「鶴」に生まれ変わるとは、流産した子に対する、一種の手向けととれなくもない。だとすれば、「妻」にあたる「梅」はその悲しさに「冴返」っていることになる。こんな句しか詠めないという、自らを憾む思いもあったか。

ふるひ寄せて白魚崩れん許り也

明治三〇年

熊本は水の良い土地で、江津湖では、白魚漁もなされていたとか。春の訪れを告げる魚として知られる白魚。其角に〈白魚をふるひ寄せたる四つ手かな〉があり、その「弟」の句か。網にかかった透ける可憐な身を、「崩れん許り」と詠んだところが手柄だ。鏑木清方の随筆を引こう。「鏡を張ったような四つ手網が引き揚げられました。船へ敷いた荒筵の上で網を振うと、水晶が散るかと見えて小さい魚が零れます。魚というよりは網の雫と紛うような、それは白魚であったのです」(「大橋の白魚」)。「網の雫」たる「白魚」の早春の光を、見事に写生した。

木瓜咲くや漱石拙を守るべく

明治三〇年

30

後に俳句的小説と自ら位置づけた『草枕』には、こうある。「木瓜は面白い花である。枝は頑固で、かつて曲った事がない。そんなら真直かと云うと、決して真直でもない。（中略）そこへ、紅だか白だか要領を得ぬ花が安閑と咲く。柔かい葉さえちらちら着ける。評して見ると木瓜は花のうちで、愚かにして悟ったものであろう。（中略）余も木瓜になりたい」。「守拙」とは隠遁詩人陶淵明の言葉（「帰園田居」）である。漱石ほどの才能があっても、いやそれだからこそ、人間として文章家としてかくあるべし、と自らに言い聞かせた意味は重い。

64 — 65

菫程な小さき人に生れたし

明治三〇年

後に漱石は、淡雪の精のような文鳥が小さな粟を啄んでは、喉で立てる微かな音やその粟を落す音にまで耳を澄ませ、「菫程な小さい人が、黄金の槌で瑪瑙の碁石でもつづけ様に敲いて居る様な気がする」（『文鳥』）と写生して見せた。この句は、文鳥ではないが、うつむき加減で、恥じらうような可憐な咲き方をする「菫」への憧れを吐露した。小さな事、小さくある事にこそ、真の幸福があるというのは、漱石の信念だろう。しかし、自分は「大きく」生かされ、多事多難である。心は小事を掬い取る、敏感過ぎるほどのアンテナを持ちながら。

春寒し墓に懸けたる季子の剣

明治三〇年

剣

32

「季子の剣」とは、『蒙求』等に載る故事で、徐の王様が生前、季子の名刀を見せて欲しがったが、季子は役目の旅の途中で、これを渡さず、帰りに立ち寄ると、徐王は亡くなっており、それでも墓に名刀をかけて献上した、という伝えによる。後に子規没から四年して『吾輩は猫である』中編を出した際、序文で子規を偲んで、この故事を引き、『吾輩は猫である』を名刀に比して手向けている。剣の光は、冴え冴えとした氷によく喩えられる。「余寒」より空間の拡がりを感じるのが「春寒」のイメージで、早春の一枚の絵になった。

馬の蠅牛の蠅来る宿屋かな

明治三〇年

33

芭蕉にも〈蚤虱馬の尿する枕もと〉がある。こうした題材を詠めるのは、俳句・俳諧ならでは。馬にも牛にも蠅はまとわりつく。馬の休んでいるところに、牛もやってきた。馬は街道の便をなし、牛は耕作の用となる。宿に牛までやってくるところに、鄙びた情景が浮かんでくる。蠅に違いはないのだが、こちらは馬さんの蠅、そちらは牛さんの蠅と言って区別して見せるところに滑稽がある。「清潔」の観念が行き渡った現代の感覚では、「不潔」そのものの光景だが、一九世紀末の日本では、まだまだ人と鳥獣虫魚に大きな差異はなかった。

鳴きもせでぐさと刺す蚊や田原坂

明治三〇年

この二〇年前、熊本北郊の田原坂では、西郷隆盛軍と新政府軍の死闘が繰り広げられた。狭い山道では勢い白兵戦となり、示現流の実践的剣術を使う薩摩軍は、百姓兵と蔑まれた新政府軍を圧倒した。国民軍にこだわる山縣有朋も、ついに旧士族階層からなる抜刀隊を投入する。薩摩に対し復讐の念を抱く旧会津士族が活躍した。江戸っ子漱石も、江戸占領の大将であった西郷には含むところがあっただろう。『坊っちゃん』の主人公は江戸っ子、盟友山嵐は会津出身。欧化主義の俗物の典型赤シャツには、二人して生卵を投げつけている。

帰源院禅僧宗活に対す

其《そこ》許《もと》は案山子に似たる和尚哉

明治三〇年

後に『門』の若い禅僧のモデルとされる、鎌倉円覚寺の塔頭の僧宗活に贈った。この二年ほど前、参禅して彼を知っていた。漱石は、両親の生まれない前のお前を見つけてこいという無茶な公案を出されている。禅問答とはそういうものだが、愛薄く育った漱石には、心の底を言いあてられた思いもあったか。「案山」は山の中でも平らなところ、「子」は人形のこと。中国宋代の禅書『景徳伝灯録』にこの字が使われ、「かかし」の当て字に用いられるようになった。禅の公案めかして、宗活に挨拶したのである。

妻を遺して独り肥後に下る

月に行く漱石妻を忘れたり

明治三〇年

月そのものではなく、自身月の客となったことを枕にした。かなり気取っている。それも名月の光あってのことだ。妻を忘れさせるほどに月は見事だったのだが、この年の夏、妻は夫の赴任地熊本から実家のある東京への長旅で流産してしまった。三〇時間を超える汽車の旅は、相当な負担だった。九月に入り、学校が始まる前に漱石は熊本に帰らなければならない。しかし、鏡子は医師から長旅を禁じられた。漱石は鏡子をおいて一人熊本に帰ることになる。「忘れたり」には、懺悔の匂いも漂う。それまで、片時も妻を忘れなかった証しでもある。

賀虚子新婚

初鴉東の方を新枕

明治三一年

新婚の虚子に贈った。元日、東の空を鳴きながら飛ぶ鴉。普段は不吉だとさえ言われ、忌み嫌われるこの鳥も、神武天皇の東征を導いたとされる八咫烏の連想から、正月は吉兆とされた。「新枕」は新婚の二人が、初めて同じ床に寝ることで、なぜ東方なのかと言えば、中国の易の世界観では、升る勢いの方位なので、それを祈ることを意味する。なお、漱石は虚子のいる東京から遥か西の熊本に居る。子規の後継として虚子との間を取り持ってきた漱石にすれば、幸あれの思いである。虚子も覚悟ができて、「ホトトギス」を背負うことになる。

梅ちつてそゞろなつかしむ新俳句

明治三一年

新刊の『新俳句』を虚子から送ってもらった。この書は、子規一派の一大選集で、漱石も七七句が載る。新派俳人の一角を占めたわけだ。しかし、この年、漱石といえど意欲は減退、成績も芳しくない。スランプを自覚する彼は、虚子に向かって「俳境日々退歩」、最近は一句も出来ておらず、このままでは、虚子派の兄貴分、二〇歳上の内藤鳴雪の「跡釜」を引き受けることになってしまいそうだと自嘲し、「寒心の体に有之候」と吐露している。梅の散るのは不調を意味し、「そゞろなつかしむ」というぐずぐずした字余りが、追い打ちをかけている。

子は雀身は蛤のうきわかれ

明治三一年

漱石俳句の特徴として洒脱・滑稽はよく指摘される。しかし、軽妙な中に哀感のあるものも見逃せない。この句などその典型例。「雀海中に入つて蛤となる」とは秋の季語で、ありえないほど物がよく変化することのたとえ。中国由来の俗信で、雀が晩秋に海浜に群れて騒ぐところから、蛤になると考えたものという。眉唾っぽいこの俗信を逆手に取って、両者を親子のご対面と泣き別れに見立てた。子雀と蛤は共に春の季語。親子丼の上で卵と鶏が涙のご対面という落語もあったが、それと同様の泣き笑いの機微である。

藤崎八幡

禰宜の子の烏帽子つけたり藤の花

明治三一年

藤崎八幡宮は、熊本城を築いた加藤清正に所縁のある神社だ。藤の花は、色といい咲き方といい品格がある。そこに格調高き烏帽子をつけた神官の子供を配した。神様が鎮座された日、勧請の勅使が藤の鞭を三つに折って、三ヵ所に埋めたところ、この地に挿した鞭から、やがて芽が出て枝葉が繁茂したので、藤崎宮の名が起こったという。子供ながら、この不思議な謂れを聞かされ、藤の花を仰ぐ姿。藤の紫、烏帽子の黒、それに子供の衣の白という色の対比を利かせた。

病妻の閨《ねや》に灯ともし暮るゝ秋

明治三一年

蕪村に〈身にしむやなき妻のくしを閨に踏〉という、物語の一場面を切り取ったような句がある。漱石の句は、この蕪村句を「兄」とした「弟」の句であろう。句兄弟という詠法は、蕪村の師匠筋にあたる其角が始めた。江戸俳諧のデータベース「俳句分類」を作った子規も、習作期にこの詠法を用いた。月並宗匠を批判し、古典の名句の素材と文体に直接学んだのである。亡妻の髪を梳いた櫛に喪失の侘しさを感じる兄句に対し、弟句は暮れやすい秋の宵に産後の妻の体調を気遣う景に転じた。流産をした妻鏡子のことが脳裏にあったものだろう。

佶倔な梅を画くや謝春星

明治三二年

漱石は「謝春星」の画号を持つ蕪村を愛してやまなかった。枝が鋭角に折れ曲がるのは、梅を画く時の常套だが、『夢十夜』の第二夜にも蕪村の襖絵を配して、「黒い柳を濃く薄く、遠近とかいて」と筆の力と自在をその特徴とした。例えば、京都の花街島原に残る「紅白梅図屏風」。金箔地に描かれた梅の木は、隣同士重なり合い、複雑な構図。佶倔な根元から分かれ、風にしなる枝は影絵のようで、可憐な梅が黄金に映える。「梅花図」などは、枝が画幅に収まらず外へはみ出すダイナミックな構図だ。故に、薄墨でぼかした花弁には叙情がある。

祐筆の大師流なり梅の花

明治三一年

43

友人の書家に、子規と漱石の学生時代の手紙の写真を見せると、筆づかいで競いあっている、と教えられた。例えば「一」の字は幾通りもの運筆があり、手紙で頻出するこの字の書きざまを使い分けてみせることで、互いの技量を見せ合っていたのだ、という。共に漢学の教養があったことも大きい。子規は藩の祐筆であった伯父から字を学んでいたくらいだし、漱石の字もその道で定評がある。鮮やかな白紙に空海風の墨痕。配される梅は白梅か。梅の香りは当然だが、墨の香も利かせたか。子規に送った句稿、梅百五句のうちの一つ。

90 — 91

梅の宿残月硯を蔵しけり

明治三一年

同じく梅百五句の一つ。「残月硯」とは、石の「眼」の出た部分を、明け方まで空に残る「残月」に見立てて作ったものを言う。漱石は硯を珍重し、筆写に供するもの以外に、鑑賞用の硯も蔵した。原句は〈梅の花残月硯を蔵しけり〉となっており、子規の添削でこの形に落ち着いた。たしかに「宿」とすることで、「蔵し」から、立ち寄った先で硯と出会うドラマの奥行きが出てくる。「花」ではいかにも曖昧だ。梅は好文木の別称もあるように、詩文の「精神」を象徴する花だ。何と言ってもあの清らかな香がそのイメージをもたらす。

吾折々死なんと思ふ朧かな

明治三二年

あまり重い意味にとらなくてもいいのだろう。むしろ、春宵一刻値千金の朧夜、この歓楽以上に、人生で楽しいことなどあろうかという絶頂感と、その直後にくる空虚感の交錯する刹那を併せて詠んで見せたのであろう。「折々」と言ってのけるところに、深刻さより、むしろ春の気怠さを言い表したものと思う。ただし、「朧」には、不透明な未来や、この世とあの世の境目が不分明になるイメージがある。〈この世には忘れぬ春の面影よ朧月夜の花の光に　式子内親王〉。朧月に照らされた桜の幽艶さは、生ある限り忘れ得ぬものなのだ。

阿蘇の山中にて道を失ひ終日あらぬ方にさまよふ

灰に濡れて立つや薄と萩の中

明治三一年

阿蘇に登った。「空にあるものは、烟りと、雨と、風と雲である。地にあるものは青い薄と、女郎花と、所々にわびしく交る桔梗のみである。（中略）薄の高さは、腰を没する程に延びて、左右から、幅、尺足らずの路を蔽うている」（『二百十日』）。「灰に濡れて立つ」のは作者でもあり、薄と萩でもある。後は噴煙でなかなか姿の見えない山頂だということも、「灰」から類推できる。文字を惜しんで女郎花から萩に変更したか。上五の字余りに道に難渋した経過が感じられ、しばし立ち止まった感の中七の「立つ」を「や」で焦点化してみせた。

物理室

南窓に写真を焼くや赤蜻蛉

明治三三年

47

写真はかつて、特殊技能でコストもかかった。熊本五高の「物理室」の景。漱石は数学の成績もよく、理系の学問にも親しみを持っている。物理教室は本館から離れたところに建つ煉瓦造りで、南窓のしきいによく写真の焼き付け用の額縁に似た焼枠が出してあり、窓枠は白い石で出来ていて、秋日がかんかん照っていた光景は印象的だった、と寺田寅彦が証言している。「南窓」は陶淵明「帰去来辞」で知られる漢詩の言葉だが、この句では洋式建築の異国趣味を示したかったのだろう。赤蜻蛉は高く飛ぶので、窓も高かったに相違ない。

図書館

秋はふみ吾に天下の志

明治三二年

「ふみ」は手紙の意味でも、ただの文章の意味でもない。新しい世を切り開き、先導しようとする者にとって有用な書物を言う。単なる知識を授ける解説書でもない。生き方の根本を示すものでもあるので、「本」あるいは「物の本」とも言った。対する「草紙」は、読み捨てにする娯楽読み物を言う。「小説」は、江戸時代「浮世草子」「草双紙」の位置に甘んじていたが、坪内逍遥によって、一国の文化を代表するジャンルと位置づけられた。漱石も後に維新の志士のように命がけで、文学を書いていく、と仲間に「志」を語ることになる。

病牀に煖炉備へつけたくなど子規より申しこしける返事に

此冬は仏も焚かず籠るべし

明治三二年

49

寝たきりの子規の容体は深刻だ。暖炉を請われた手紙に書きつけた。子規一門では稼ぎ頭の漱石も、金を送ってよこしたらしく、「ホトトギス」からと暖炉を贈り、部屋の南窓もガラス障子にした。仏を焚くとは、禅の公案で、唐の禅僧丹霞が、慧林寺で大寒に遭い、木の仏像を焚いて暖をとった故事をいう。僧侶から譏《そし》られた丹霞は「木仏から舎利を取る」と答え、相手が「木仏から舎利が取れるはずもない」というと、丹霞は「それなら私を責める理由は無い」と答えて、偶像崇拝を批判した。丹霞の舌鋒を子規に見て、養生の労りの思いを伝えた。

安々と海鼠の如き子を生めり

明治三一年

女性からすれば、「安々と」なんぞとんでもない、ということになろう。長女筆子の出生は五月三一日。「海鼠」は冬の季語で、時差がある。かつて流産した妻の体調を案じていたのは間違いない。「安々と」とは、心配した割に結果としてはという意を含むと見た。それにしても、嬰児を「海鼠」に喩える飛躍は、俳人漱石の真骨頂である。漱石は、制作時点の季にとらわれないことが多い。『道草』では生まれたばかりの赤ん坊の感触を「寒天のようにぷりぷりして」「恰好の判然しない何かの塊に過ぎ」ないと感じたと記している。

秋風の一人をふくや海の上

明治三三年

明治期は、海外留学を果たして帰国することが、栄達の必須条件だった。しかし、この句にそのような意気軒昂な覇気はない。横浜からの出航に際し、寺田寅彦に送った葉書に添えた。「秋風」は寂寥の風だ。当時の超大国大英帝国の首都に、東洋の小国人がたった一人で乗り込む。しかも、研究対象は本場の英文学である。自分「一人」に何ほどのことができるというのか。一種の焦燥感も漂う。単純に洋行に憧れた子規とも、留学先に浪漫を求めた鷗外とも異なる。出航時、帽子を振る人もいた中、じっと海を眺めていたと寺田は証言している。

空狭き都に住むや神無月

明治三三年

52

留学先のロンドン到着は、一〇月二八日。旧暦一〇月に入るのは、一一月二二日。公務員の月給が五〇円の時代、文部省から年間一八〇〇円を得てはいても、日英の国力差による貨幣価値は不利で、大半は本代として使ってしまい、家賃の安い場所を求め、五つの地域を転々とすることになる。後に「尤も不愉快の二年」（『文学論』）と振り返る時間が始まった。木造家屋がほとんどの東京に比べ、石造りの高い建物が空を覆う。日本に居てさえ普段は忘れている神の喪失を意識させるこの月に、極東の貧しい国から来た書生の侘しさは、ひとしおであった。

柊《ひひらぎ》を幸多かれと飾りけり

明治三三年

「柊さす」は、節分の夜、鰯の頭を柊の小枝に挿して魔除けとする習俗を指す季語だが、ロンドン滞在中の漱石は、クリスマスの飾りつけに使う西洋ヒイラギに転じた。子規への年末の挨拶の葉書に寄せた。ロンドン流の厄落としをしたぞという洒落っ気の句である。子規は、人一倍洋行を夢見ていたが、脊椎カリエスで寝たきりとなり、根岸の小庵で、庭を眺めながら、友人たちからの贈り物を手にして旅の気分を味わった。〈フランスの一輪ざしや冬の薔薇　子規〉。子規は、薔薇もアイスクリームもクリスマスも、貪欲に季語とした。

凩《こがらし》や吹き静まつて喪の車

明治三四年

在位足掛け六四年に及ぶビクトリア女王の葬儀は、それは盛大なものではあった。二月二日、ハイドパークの人だかりの中、下宿の大家に肩車されて、漱石もこの葬列を見た。棺の後を新国王とドイツ皇帝らがつき従う。人波の雑踏もぴたりと止む威厳を詠みとめたが、一三年後、この女王の孫カイゼルを主役に、独英仏は血で血を洗う大戦を演じる。女王の死の翌日、漱石が黒い手袋を購入した時、店員は、「新しい世紀は酷く不吉な始まりをしたもんだね」と話したという。それは軽口であったかも知れないが、漱石は真面目に書き留めている。

吾妹子《わぎもこ》を夢みる春の夜となりぬ

明治三四年

虚子宛書簡に「もう英国も厭になり候」とある。漱石はせっせと妻に愚痴と甘えを含んだ手紙を送るが、鏡子からは返ってこない。二児を抱えて僅かな金で生活、そのうえ父の中根重一が相場に失敗していた。「おれの様な不人情なものでも頻りに御前が恋しい。是丈は奇特と云って褒めて」ほしいと甘える漱石に、「私もあなたの事を恋しいと思いつゞけている事はまけないつもりです。(中略)あなたも思い出して下されればこんな嬉しい事はございません。私の心が通わしたのですよ」と応じた。この手紙を鏡子は捨ててほしいと頼んでいたのだが。

句あるべくも花なき国に客となり

明治三五年

字余りは上五が多い。後ろが七五と定型に落ち着けば、リズムは悪くない。字余りは言葉を押し込んだ感じになり、切迫感や思い余った感じを表現するのに向いており、多く漢詩風の文体で引き締めながら詠まれる。〈春や昔十五万石の城下哉〉〈謡ヲ談シ俳句ヲ談ス新茶哉〉など子規にも類例は多い。「べくも」も漢詩文を取り入れた蕪村調だ。〈梅遠近南すべく北すべく　蕪村〉。日本の友人に贈った挨拶句で、花もない国で二度目の春を迎え、すっかり縁遠くなってしまったと愚痴をこぼしている。早く帰りたいという嘆きもある。

倫敦にて子規の訃を聞きて

筒袖や秋の柩《ひつぎ》にしたがはず

明治三五年

九月一九日に子規が亡くなった。漱石は、虚子からの電報を受け、追悼五句を贈っている。前年「僕ハモーダメニナッテシマッタ、毎日訳モナク号泣シテ居ル」「僕ノ目ノ明イテル内ニ今一便ヨコシテクレヌカ」「迚《とて》モ君ニ再会スルコトハ出来ヌト思フ」という悲痛な手紙を受け取っており、早い往生も本人の幸福かと虚子には書いている。「筒袖」とは袂《たもと》のない洋服のことで、ビフテキばかり食べている自分には、俳句もなかなか思いうかばず、無理にひねりだした感じだとも書いている。葬列にも従えないと言いながら、心だけは参列している意。

霧黄なる市に動くや影法師

明治三五年

58

同じく虚子に求められた、子規追悼五句のうちのひとつ。二〇世紀初頭、六五〇万の人口を抱える世界一の都市ロンドンは、石炭を燃やし煤煙につつまれていた公害都市だった。ただでさえロンドンは、東京より年間約四〇〇時間も日照が少ない。悲しみの中を当てもなく街を歩いたろう、その漱石の眼に、黄色にくすんだ「霧」から、朧な人影がすっと行きかう。本来は障子などに人影は映るものだが。「法師」という言い回しは、頭を剃り上げていた子規の風姿に通じるものがある。いるはずのないロンドンに、心の友の影を遠く慕って。

衣更て見たが家から出て見たが

明治三十六年

「て見たが」の繰り返しが、グルグル頭の中を回る。衣替えはして、家から出ては見たものの、まだ少し寒いのか、夏服がしっくりこないのか、それはよくわからない。わからないが、そういうことはよくある。今日から夏だと言われても、季節の変化はそう杓子定規にはいかない。〈毎年よ彼岸の入に寒いのは　子規〉。この句を思い出した。母親のつぶやきがそのまま句になったものだが、同様の味わいがある。山本健吉は、俳句の本質に挨拶・滑稽、それに即興を加えた。俳句の軽妙を軽んずるものは、かえって俳句に軽蔑されるということか。

無人島の天子とならば涼しかろ

明治三六年

ロンドンから帰朝後、直ぐに一高と東大で教鞭を執ったが、後者の「英文学概説」の理詰めの講義が不評で、前任の小泉八雲を慕う小山内薫らの授業ボイコットを招くこととなった。東京専門学校の時もそうだが、漱石は不器用な上に意地っ張りだから、学生との妥協が難しい。東大では漱石の年俸は八〇〇円、一高では七〇〇円、月三〇円あれば一家が暮らせた時代だから、高給取りの身分で、ようやく鏡子は安定を得て落ち着いたが、漱石は胃が痛かった。結局は〈能もなき教師とならんあら涼し〉と開き直った。俳句は漱石先生の心を救ったのである。

杏として桃花に入るや水の色

明治三七年

61

「杳として」とは、遠く遥かで見定め難いことを言う。漱石の漢詩に「真蹤寂寞として　杳として尋ね難し」という一節があって、真の道はぼんやりして、尋ねゆくことは難しい、と吐露している。「桃花流水杳然として去る　別に天地の人間にあらざる有り」とは李白の詩の一節で、桃の花と流れる水のぼんやりしたその奥には、俗世間とは別の天地があるという。遥かに遠く広がっている、見定め難い春の遠景にこそ、平安の世界があるということか。「水の色」が桃の花に「入る」という色の対比を混濁させる表現に、ユートピアを見たようだ。

罪もうれし二人にかゝる朧月

明治三七年

62

文科大学の学生小松武治から訳書『沙翁物語集』（ラム姉弟作）の序を請われるほど、「マクベス」や「リア王」を語る漱石の授業は人気になっていた。書き下ろした俳句一〇句は、シェークスピア作品を対応させる心憎い趣向で、掲句は「ロミオとジュリエット」を「題」とする。ロミオは梢の月に愛を誓い、ジュリエットは満ち欠けする月に誓わないでほしい、とこの愛を失う恐れに慄く。漱石はこれを「朧月」に転じた。〈朧夜や男女行きかひ行きかひて　虚子〉とあるように、「朧月」の人目を避ける感じが、禁じられた恋にはふさわしい。

朝貌や売れ残りたるホト、ギス

明治三七年

俳体詩という実験を虚子と試みた。虚子は子規没後、連句復興を唱え、漱石もこれに賛同。形の上では連句と同じ五七五に七七を付けるが、俳体詩では三句以上にわたり一貫したテーマを持たせ、作者も一人か、共作でも三人以上にはならない。連句のようにルールがうるさくなく、詩のように読める。実験は長続きしなかったが、俳句形式を古典世界の中から見直し、使えるものは使おうとした。付句も漱石で、〈尻をからげて自転車に乗る〉と、「ホトトギス」の経営に奮闘する虚子をユーモラスに詠んだ。

朝貌の葉影に猫の眼玉かな

明治三八年

漱石を作家にした「吾輩」は、黒猫だった。鏡子の回想によると、野良で子猫の「吾輩」を家に入れた時、出入りの按摩の婆さんが、爪まで黒い、珍しい福猫だと言ったそうで、確かに夏目家には福をもたらした、と言えよう。実際は全身黒ずんだ灰色の中に虎斑があった縞猫だったらしい。ともかく黒猫の眼は光が目立つ。夏の終わりから初秋の、朝の光の中、白や紫の朝顔の葉陰に潜む「吾輩」は、何を見詰めているのか？ 彼に語らせた「ホトトギス」の連載は、この年の一月から翌年の八月まで続く。猫族では歴史に名を残す存在となった。

一人住んで聞けば雁《かりがね》なき渡る

明治三八年

65

暮も押し詰まった二六日、『吾輩は猫である』を絶賛した内田魯庵から猫の絵葉書をもらった礼状に、「猫の為めに名を博した主人は幸福な男に可有之候」と書き、この句を記した。雁が音に『吾輩は猫である』によって広まる自分の名声を寓したのである。「雁信」という言葉があって、漢の蘇武が匈奴に捕えられたとき雁の足に手紙を付けて故郷に送った故事に拠る。雁は渡り鳥だ。漱石はかねてより大学の教師兼研究者の職を厭うていた。今、作家としての手応えを感じている。ただし、作家とは孤独な仕事で、自分の評判は音信として聞くしかない。

花の頃を越えてかしこし馬に嫁

明治三九年

『草枕』は「俳句的小説」としての趣向が、各所に配されている。この句、虚子には、蕪村の高弟几董を意識したと伝えている。虚子編『几董全集』は、漱石書入れ本も残る。確かに「花の頃」も馬上の趣向も、几董句には複数確認できる。画工が那古井へと向かう峠の茶屋で、茶屋の婆さんと馬子の源兵衛とが交わす話を聞きながら、「この景色は画にもなる、詩にもなる」と考え、写生帖にこの句を書き付けたが、恐れ多いほど美しい肝心の「花嫁の顔だけは、どうしても思いつけなかった」。その答えは『草枕』のクライマックスにある。

花の影女の影を重ねけり

明治三九年

『草枕』の主人公の画工が、湯治場で訳ありの女に恋をする伏線はこうだ。部屋の机に以前描いた写生帖が鉛筆を挟んだまま置いてある。句の走り書きもあって、〈花の影女の影の朧かな〉の句には、女にしては硬い字でこの句が書き加えられていた。この「謎」から、それまで脱世間の芸術を論じていたこの小説は、俄然恋の色を帯びる。この「花」は前後の句から「海棠」と知れる。漢詩では、酔ってうたたねをする楊貴妃を、「海棠睡未だ足らず」（『冷斎夜話』）と評した。ただし、画工は女に触れず、画に描くことで美をとどめようとする。

木蓮の花許りなる空を瞻る

明治三九年

同じ『草枕』の作中句。主人公の画工は、世の中には嫌な奴がいっぱいいいると苛立っているが、そのうち春の自然に心を解放し、大きな白木蓮の木に出会う。花だけあって葉がなく、枝も少ない。一輪一輪が明瞭に認められ、なお群がって咲いている。その隙には薄青い春の空も判然と見え、他方、木蓮の白は「人の眼を奪う巧み」がなく、「あたたかみのある淡黄に、奥床しくも自らを卑下している」。こうシャープに写生し切った後、この句が置かれる。「花許りなる空」の調べに対応した「瞻る」は、漢詩の語彙で、眼を見張って見上げる意。

春を待つ下宿の人や書一巻

明治三九年

暮も押し詰まった二二日、教え子の小宮豊隆に単行本『鶉籠』を贈った。その見返しにこう書きつけた。『坊っちゃん』『二百十日』『草枕』といった名作の数々が収められる。刊行の日付は翌年一月一日。自信満々の作品集の新刊ほやほやを、東大在学中の、下宿で越年する書生が贈られれば、その感激は想像に余りある。この秋、漱石は鈴木三重吉宛てに、「維新の志士の如き烈しい精神」で文学をやる、と書いている。小宮は後に書かれる『三四郎』のモデルとされ、漱石没後、その全集編纂の中心となっていく。

女うつ鼓なるらし春の宵

明治四〇年

漱石は謡のお稽古にも励んだ。題材にした句も多い。謡は舞もお囃子も基本的に男の世界である。掲句は、まず女の掛け声が聞こえ、その珍しさに聞き入ってみると、春の宵らしく、その優しく繊細な小鼓の音もまた一興となったということか。「らし」は確信のある推定なので、鼓でなくまず声から判断したと考えた。日が暮れて間もなく、秋や冬と違って、どことなく若々しい和やかさ、明るさ、媚めかしさがあり、色彩的な感じに満ちて、魅惑的な歓楽的な感傷もただよう、とは虚子の語るこの季語のイメージである（『新歳時記』）。

時鳥厠半ばに出かねたり

明治四〇年

西園寺公望は総理になるや、私邸に文学者を広く招待した。それを漱石は事もあろうに、この句を添えて断った。トイレで用を足しており、あしからず、とは何とも。朝日新聞に入社し、『虞美人草』を執筆中だったので、「東京朝日新聞」は、執筆多忙が理由と報じた。この企画の発案者竹越与三郎が主筆を務める読売からの誘いを断っていた事情もある。文学博士を受けることも、政府の文芸委員制度にも抗った。「時鳥」の声は聴きたいけれど、と一応は相手を立てているが、幕府討伐軍の将であった西園寺への気持ちは単純ではなかったろう。

蓮に添へてぬめの白さよ漾虚集

明治四〇年

『吾輩は猫である』に次ぐ単行本の二冊目が、『漾虚集』。装幀は、藍色の布装に貼り付けられたほんのり光る繻子織の題簽。これが「ぬめの白さ」である。本文は木版画が随所に配され、ともども瀟洒なセンスが光る。装幀は橋口五葉、挿絵は中村不折。特にアール・ヌーボー調の装幀には、漱石も満足していたようだ。作品世界も波打ち、ゆらめくような文体で、これを体現したかららである。「漾虚」とはふわふわ漂うこと。装幀を漂う蓮に喩えたか。『倫敦塔』『カーライル博物館』『幻影の盾』『薤露行』等、収録作はいずれも幻想的な世界を描く。

秋の蚊の鳴かずなりたる書斎かな

明治四〇年

最初の新聞連載小説『虞美人草』の切り抜きを、漱石は律儀に帳面に貼っていた。その最終回の後に、連載終了の日付を書きつけ、この句を添えた。六月二三日に開始された連載は、一〇月二九日で満尾となった。ひと夏を終え、夏の名残の蚊も気がついたら見えなくなったと詠むことで、新聞社員としての最初の仕事に没頭し、無事終えた充実感が見て取れる。「なりたる」という言葉づかいに、季節の移ろいを後になって発見する心の動きがある。思えば、連載開始の頃は、蚊もうるさかったのに、というわけだ。

心中するも三十棒

朝貌や惚れた女も二三日

明治四〇年

漱石の弟子の一人松根東洋城は、美男子で恋に身をやつす男だった。宮内省に式部官として入省すると、伯母初子の婚家である公家の柳原家に身を寄せ、離婚して出戻っていた柳原白蓮と親しくなるが結婚を許されず、懊悩した時に、漱石が寄越した句の一つである。女なんていっぱいいいる、彼女だけが女じゃない、朝貌も手に入れれば数日で萎むのと同じだ、と。しかし、この恋にこだわる東洋城は、名家の長男ながら、独身を貫くことになる。〈初夏や白百合の香に抱かれてぬるとおもひき若草の床　白蓮〉。三十棒とは、警策で激しく打つこと。

宵の鹿夜明の鹿や夢短か

明治四〇年

俳句に出てくる動物で恋をするのは、鳥類を除いては、猫と鹿が双璧だろうか。猫の恋は、ロマンがない分、滑稽で、いかにも俳句的な素材である。それに比べて鹿、特に立派な角を頂いた雄は絵になる。鹿がなぜ秋に分類され、季語として立項されているかと言えば、この立派な牡鹿が雌を求めて哀調を帯びた声で鳴く「恋」の情に、古典和歌が「詩」を発見してきたからだ。宵には恋に希望を託し、夜明けには蹉跌や別れを憾んで鳴く。「か」の繰り返しが利いていて、夢の儚さが伝わる。鹿の題で一五句を詠み、「朝日新聞」に掲載した。

吾影の吹かれて長き枯野哉

明治四〇年

「て」は散文的になりやすい。何が何してどうなったという「報告」は厳禁だ。この句の場合、単純な接続でも原因・理由でもなく、「風に吹かれながら長く伸びている」という意味なのだろう。形容詞も無造作に使うと失敗する。俳句の結論たる感情そのものを「説明」してしまうから、子規も『俳人蕪村』で戒めている。この句の成功は、「吾影」と客観視してから「長き」と置いて、わびしくも滑稽な感じを出した点にある。〈遠山に日の当りたる枯野かな　虚子〉の地味な明るさに比べると、孤独と滑稽という漱石の二大モチーフが浮かんでくる。

文債に籠る冬の日短かゝり

明治四〇年

明治四〇年は漱石にとって多事だった。不惑の年、三月には一高・東大を辞し、四月から朝日新聞に入社、年一回の長編小説、連載一〇〇回分が義務となる。六月から『虞美人草』の連載が一〇月まで続き、翌年出る「坑夫」の原稿に、暮にはとりかかっている。学者としての総決算の意味もあって、『文学論』も出版した。長男純一が生まれ、漱石の命を奪うことになる胃痛も始まっている。なお、カリ活用で止めるのは平安文法ではご法度で、「短かかりけり」が正しいが、時代が下るにつれて、文字を惜しんで多用された。言葉は生き物なのである。

鼓打ちに参る早稲田や梅の宵

明治四一年

能に親しい虚子が、早稲田の漱石山房を訪ねて、鼓を打ったことへの礼状に書いたか。虚子は、黒羽織に黒紋付の締まった出で立ちである。一座の急な所望で大鼓を取り寄せ、驚いたことに炭火で鼓の革をあぶって準備をする。思い付きで頼んではみたものの、漱石が自信なさげに「羽衣」を謡い始めると、虚子はやにわに大きな掛け声で鼓を気合いっぱいに打ち込んでくる。油断していた漱石の謡はへなへなとなり、一座は笑いだして、後は虚子が謡も引き取って収めた（『永日小品』）。春の宵闇、梅の「暗香」の中、鼓を打つ音が耳に残った。

五月雨や主と云はれし御月並

明治四一年

虚子の小説『俳諧師』を読んで送った。登場人物の北湖先生は、女から「旦那」と言われ、いい気になっている主人公三蔵を「御月並」とからかう。三蔵は虚子自身、北湖は子規派の兄貴分、内藤鳴雪がモデルだ。実際虚子は、かつて女浄瑠璃の竹本小土佐を追っかけまわしていた。北湖の口癖である「月並」は俳句の類型を意味するが、「御」をつけたり「月並る」と活用させてみたりすると、誇張が利く。落語の物まね芸で、その人物の癖や口吻を誇張して演じて見せる手法である。「五月雨」は手紙を書いたのが、六月末のことだったから。

此の下に稲妻起る宵あらん

明治四一年

猫は死期を悟ると姿を隠すというが、夏目家の「吾輩」もそうであった。物置の古い竈の上で亡くなっており、漱石は書斎裏の桜の樹の下に埋め、墓標にこの句をしたためた。親しい人々には猫の死亡通知も送っている。体力がなくなり食事を受け付けなくなった「吾輩」の視線は、「悄然たるうちに、どこか落付が有ったが、それが次第に怪しく動いて来た。けれども眼の色は段々沈んで行く。日が落ちて微かな稲妻があらわれる様な気がした」（『永日小品』）と言う。「神鳴り」と違って「稲妻」は、光だけが一閃し暗転するものだ。

春はもの丶句になり易し京の町

明治四二年

小説『虞美人草』にほぼ同文の一節がある。「春はものの句になり易き京の町を、七条から一条迄横に貫ぬいて、烟る柳の間から、温き水打つ白き布を、高野川の磧に数え尽くして、長々と北にうねる路を、大方は二里余りも来たら、山は自から左右に逼って」。碁盤の目の京の街をひとつかみに俯瞰して通過し、北郊から高野川沿いに比叡山を登る情景描写のきっかけにしている。千年の歴史が堆積する京の町を上五の字余りで把握してみせた。漱石が愛した蕪村の〈ほと丶ぎす平安城を筋違に〉と同じ、漢詩や和歌に由来する発想である。

空間を研究せる天然居士の肖像に題す

空に消ゆる鐸のひゞきや春の塔

明治四二年

漱石は、当初建築家志望だった。しかし、日本の遅れた国情では志を果たせない、文学ならば後世に残る作品も書けると漱石に勧めたのが、米山保三郎である。子規も漱石も認めた学才抜群の人物で、参禅して漱石をこの道に引っ張った。哲学・数学を専攻したが、勉強をし過ぎて若死にした。火災で遺品が消失したと米山の兄から請われ遺影を複製して、掲句を添えた。「鐸」とは宝塔の軒端につるす風鈴のことだが、夏の印象を避けて、この語を選んだ。音は追う間もなく空に消え、かけがえのない友への喪失感だけが、作家漱石の耳に残る。

五月雨やももだち高く来る人

明治四二年

セルゲイ・エリセーエフ。このロシア人、六年の留学で卒論は芭蕉、成績は四番。卒業式では、明治天皇の眼にもとまる。小宮豊隆の紹介で木曜会に参加。和装に慣れた日本学者の卵は、『三四郎』にサインをねだった。「もも（股）だち」とは袴の両脇の縫止め部分をいう。日本の梅雨に汗ばんでいたとしても、青年の凛々しさが浮かぶ要所を詠みとめるのは、流石である。皇帝御用達百貨店の御曹司だった彼は、後に革命を逃れて、パリへ亡命。ハーバード大学に迎えられ、アメリカ日本研究の種を蒔く。生涯『三四郎』は手放さなかったようだ。

ふと揺るゝ蚊帳の釣手や今朝の秋

明治四三年

八月二四日保養に出かけた伊豆修善寺で、胃潰瘍が悪化して吐血、一時は危篤となった。九月になって持ち直し、集中的に句を詠む。その最初の句。夏の「蚊帳」と「今朝の秋」の季重なりになっているが、夏の間臥せった病人の実感だ。病は感覚を鋭敏にする。蘇生とは第二の誕生でもある。鴨居や柱の凹凸がある和室では、蚊帳を吊るす四隅に金具をさして、そこに釣手を引っかける。仰向けに寝続けた病人の眼には、蚊帳の緑と釣手の形ばかりが目に入る、単純な景色の連続である。その揺れに瀕死の病から逃れて感じる新涼が、象徴された。

秋の江に打ち込む杭の響かな

明治四三年

この句に触れて、『思い出す事など』で「澄み渡る秋の空、広き江、遠くよりする杭の響、此三つの事相に相応した様な情調が当時絶えずわが微かなる頭の中を徂徠した事は未だに覚えて居る」と後に想起している。長く大患直後の心象風景として自身記憶に残っていたのだ。死に直面して蘇生した透明な心に、杭の音が響く。世界も透明なら、句の姿もすらりとしている。水は生命の象徴、命の懐である。秋の水の清明さ、風もない澄んだ水に響く杭の音に、漱石は命を確かめている。それ以外の余計なもののない、心身双方に響く音だ。

生きて仰ぐ空の高さよ赤蜻蛉

明治四三年

町のそれはそうでもないが、「赤蜻蛉」は群れて高く飛ぶ。蘇生した漱石にとって、抜けるような秋空とコントラストをなす「赤蜻蛉」は、命を確かめる色であった。「健康の時にはとても望めない長閑な春が其間から湧いて出る。此安らかな心が即ちわが句、わが詩である」「病中に得た句と詩は、退屈を紛らすため、閑に強いられた仕事ではない」（『思い出す事など』）。即ち、漱石の中の「詩」の蘇生でもあった。小説では様々な「赤」を描いた漱石だが、子規が〈赤蜻蛉筑波に雲もなかりけり〉と詠んだことを、想起したかも知れない。

有る程の菊抛《な》げ入れよ棺の中

明治四三年

87

歌人大塚楠緒子への追悼句。療養時の無聊に、よせばいいのに真面目な漱石は、近代社会学の創始となる本など読んで、宇宙の中の自分の存在の小ささに思いを致し、心細く鬱の気分になった。かえって小さな人情の世界が慕わしくなり、大袈裟に言えば、それが小説家漱石の復活につながる。入院中で葬儀に出られない漱石は、楠緒子の美と才能を「有る程の菊」で惜しんだ。追悼句で命令形を使うのは、〈塚も動けわがなく声は秋の風　芭蕉〉以来の形。特に「抛げ」の勁い響きから、惜別の哀切、遺影として永遠にとどめんとする気迫が伝わる。

風に聞け何れか先に散る木の葉

明治四三年

俳句は短いのでモノに託すことで、成り立つ。これを大仰な身振りでやると命令形になる。木を離れてしまった木の葉も、散り残った僅かなそれも、共に木から切り離された、或いは切り離されつつある木の葉そのものとなり、冬の季語となる。遅かれ早かれ、散るのは同じ定めだ。漱石は死の淵に臨み、なんとかこの世に戻ってきた。しかし、この経験は、いずれは木を離れる予見に、実感を加えた。「凩」は運命のことである。木の葉にとっては、まことに気まぐれなもので、「凩」の意志をつかめはしない。「聞け」の叫びは、覚悟のそれでもある。

腸《はらわた》に春滴るや粥の味

明治四四年

吐血して三週間で、粥を食べられるようになる。ただし量はお椀に半分。日記には「起き直りつつある退儀を思えば、粥の味も半分は減る位也。吾は是程疲れたりやと驚く」とあって、体力の激減を実感している。食事のことばかり頭に浮かぶのは、生まれたての動物の成長に似て、蘇生の証拠だ。スープよりもっと粥を出すことを医師にねだっては断られ、間食にミルクとソーダビスケットを待つのは子供同様だと漱石も書いている。粥で小康を得たのは秋だったが、命を拾った実感は「春」なのだ。枯れた身体に命の水が沁み、行き渡る。

素川兄の西行を送りて

冠せぬ男も船に春の風

明治四四年

90

大阪朝日新聞社の鳥居素川は、漱石をこの社に引き入れた人物である。その素川が英国皇帝戴冠式の取材に派遣された時の壮行句である。「冠せぬ男」は無位無冠の男で、この場合、新聞記者をさす。まだまだ貧しかった日本から欧米に向かうには、多く官費を必要とした時代である。そこに民間の代表である新聞記者の同僚の晴れ姿を詠んだ。春風は東風だから、西へ向かう船への順風満帆を祈るという意味もある。漱石は時の総理に招かれてもこれを断り、学位授与も辞退した。学位が非常に珍しい時代に、である。「権威」がとことん嫌いだった。

灯を消せば涼しき星や窓に入る

明治四四年

前年も修善寺の大患に襲われた漱石は、この年八月一一日から講演旅行に出、暑さの中、明石・和歌山・堺・大阪と周り、一八日大阪で講演の後、何も食べてはいないのに血を吐いた。講演旅行を主催した大阪朝日新聞の紹介で、東区今橋にあった三階建ての湯川病院に入院。妻鏡子もかけつけ、九月一三日まで旅先での療養となった。病室も三階に。「涼し」には室温だけでなく、回復した気分も表現されている。寝ようとして灯を消すと、窓枠の中に星明りが浮かぶ。この反転を「入る」と詠んだ。星明りの安堵感が、漱石の心を包んでいる。

朝貌や鳴海絞を朝のうち

明治四四年

東海道の宿駅鳴海は、絞の産地で知られる。伝統的な有松絞は、素材が比較的かたく着崩れしにくいのが特徴で、白地を藍で大胆に染め上げた大柄模様の絞の浴衣に、やや象牙色に傾いて銀糸の織り込まれた白地の夏帯を締めた女性の扮装などが、朝貌に通じる。絞は柔らかく繊細な美しさをたたえており、それが朝貌そのものなのか、朝貌のイメージの女なのかは、判断の難しいところだが、ひとまず女性と理解しておく。いずれにしろ、裏の含意は「涼」である。漱石の永遠の女性であった早逝した兄嫁が、朝貌に比されていたことは要注意。

奉送

厳かに松明《まつ》振り行くや星月夜

大正元年

93

明治天皇の崩御について、新聞はその偉業と徳を喧伝した。漱石は、その大袈裟な美辞麗句には辟易する、と洩らしている。かといって明治天皇への思いが一入《ひとしお》であったことは、『こころ』のラストで、先生が明治の精神に殉じて自殺するあたりに確と読み取れる。掲句は、新聞から悼句を求められ、こんなことは経験もないのでうまくいかないと東洋城にぼやきつつ詠んだ。そうは言うものの、激動の時代を共に生きた天皇への思い入れは、漱石とてあるから、このニュースには心細さを感じていた。星となって見守ってほしいという祈りを込めたか。

秋風や屠られに行く牛の尻

大正元年

痔は物書きの宿痾であり、名誉の勲章でもある。漱石先生も御多分に漏れず、痔を病み、手術と相成った。俳句は自嘲と相性がいい。芭蕉は、材木にも供さず、実も生らない不用なこの木を愛して庵号とし、俳号となった。漱石の場合、正しくは石に枕し、流れに漱《くちすす》ぐというべきところ、言い間違えてもこれでいいのだと言い張った故事を号にした。そそっかしくて、意地っ張りな性分はどうしようもない。漱石は作家として売れると「尻」の重い男になると言った。しかし、それもやり過ぎて、余り先は長くないとおどけてみせたか。

菊一本画いて君の佳節哉

大正二年

中国の易の世界観では、奇数が目出度い。元旦、三月三日、五月五日、七月七日が「節句」になる所以だ。今は忘れられているが、九月九日は、奇数を意味する「陽」の極みの数が重なる「重陽の節句」に長命を祝い、菊を飾った。ここは本物の菊を飾らず、菊を一本だけ描いて見せて友に送ったところがミソである。漱石は絵も描いた。そこにこんな句をあしらわれ、送られたら、心温まることは請け合いである。かつて子規からは、〈あづま菊いけて置きけり火の国に住みける君の帰りくるがね〉と歌を寄せ、菊を描いた絵を送られていた。

鍋提げて若葉の谷へ下りけり

大正三年

虚子の『俳句の作りよう』の「埋字」の章の冒頭、「鍋提げて」を上五に置いて、季節はいつでもいいから詠んでみろと、子規に言われて作り、ネタとなった〈鍋さげて淀の小橋を雪の人　蕪村〉を示されて、これも俳句の修行だと言われたと伝えている。古句の一節を借りて字を埋めて見る、子規派の修練法だった。実際、子規にもこの上五の句が拾える。漱石の句も実に生活感のある句で、こういう裏事情を明かされなければ、ただの写生句と勘違いするだろう。子規も吟行中に、この問いかけを虚子にした。記憶の景を誘発する方法だった。

わが犬のために

秋風の聞えぬ土に埋めてやりぬ

大正三年

近所で死んでいた飼い犬を葬った。犬の名は「ヘクトー」。ギリシャと戦ったトロイの勇将である。英文学専攻の漱石は、『イリアス』を読み込んでいた。アキレスとの決闘はこの叙事詩の見せ場である。仔犬の時から引き取って育てたが、夏から秋にひと月ほど病気をした漱石のことを、ヘクトーは忘れてしまったのか、呼んでも近づかない。それでも観察を止めない漱石は、ヘクトーの体調の異変を知る。姿を消した彼の発見は一週間後のことだった。人生は「秋風」、即ち死までの戦いであり、下五の字余りに愛惜込めて、戦友を弔ったのである。

木屋町に宿をとりて川向の御多佳さんに

春の川を隔てゝ男女哉

大正四年

京都の旅で、気の合う女を知った。芸妓あがりの陶器店の主多佳。妻は聞いてくれない「洒落」をこの女は打てば響くように聞く。意気投合した二人。多佳から北野の梅見のお誘いが。静かな所で二人きりという、粋な計らいである。ところが翌日電話をしてみると、彼女は、南郊の宇治に出かけたという。漱石は、ひとり博物館から稲荷大社を巡って、宿に戻った。当てがはずれて心そぞろとなったことは、大仰なこの句でも知れる。しつこい漱石は、この後、社交辞令を使った多佳を延々と責め、教え導こうとする面倒くさい手紙を何度も寄越している。

秋立つや一巻の書の読み残し

大正五年

死の三か月前、芥川龍之介の小説『芋粥』の出来を手紙で批評した。描写が細かくくだくだしいとも指摘する。「僕自身を標準にする訳ではありません。自分の事は棚へ上げて君のために（未来の）一言するのです」と、この次代を背負う作家のため、激励もした。もう自分には時間が残されてはいない。「春秋」に富む君の活躍は目に浮かぶが、それを見ることもかなわない。そんな心中を隠したのか、手紙の中では、上手く詠んだつもりで、即興で書いて、消せなくなった、と句中の侘しさを取り払う、ユーモアのある気遣いを忘れていない。

饅頭に礼拝すれば晴れて秋

大正五年

下戸だった漱石は、食い意地が張っていて、胃に悪いのに大好物のピーナッツをかじって亡くなった。その一月ほど前、臨済僧で愛読者の富沢敬道から、饅頭をたくさんもらった。その礼状には「饅頭を沢山ありがとう。みんなで食べました。いやまだ残っています。是からみんなで平げます。俳句を作りました」とある。「晴れて秋」の下五に、子だくさんの夏目家の明るい顔と顔が、自ずと浮かぶ。「饅頭」を通して、臨済僧に頭を垂れて見せるように、最後まで、漱石は交際の中のユーモアのため、俳句を使っていた。

私信と日記——俳人漱石の幸福

専門家や俳人はいざ知らず、一般読者は漱石が俳句も詠んだと聞くと、少々驚くかもしれない。それほどに小説家漱石の偉業は大きく、その評価が今日にも揺るぎない証拠だが、漱石の文学的出発は、間違いなく俳人としてのそれであって、小説家ではない。俳人が表看板の時期は意外に長い。

漱石は大学在学中から、親交のあった正岡子規を通じて俳句に親しみ、明治二二年から「漱石」の号を使いだしている。松山中学の英語教師として赴任する、明治二八年には作句も本格的になり、日清戦争に記者として従軍・帰国した子規を松山の自分の下宿に迎え、句作に専心した。漱石らへの講義が、近代俳句の理論的出発点となる子規の『俳諧大要』にもなっていく。

子規一派のみならず、筑波会・紫吟社・秋声会等、当時の「新派」全体を俯瞰することを目論んだ、近藤泥牛編『新派俳家句集』(明治三〇年)に至っては、

どこやらで我名よぶなり春の山　漱石
駄馬つゞく阿蘇街道の若葉哉　同
人に言へぬ願の糸の乱れ哉　同

など二八句が載り、堂々たる新派俳人の一人に数えられるまでになっていた。

ロンドンから帰朝後、本質的には俳句雑誌である「ホトトギス」に『吾輩は猫である』を連載しだし、これが契機となって小説家漱石が誕生することはよく知られているが、それは明治三八年のことだから、小説家になるまで漱石は一〇年も俳人だったわけだ。もちろん、子規に出会ってからこの時期までの漱石は、学者・教育者の道を生きていたわけで、俳句が余技であったことは間違いない。高浜虚子のように俳句そのものを飯のタネにしたことはなかった。

小説家として立つ契機となった『吾輩は猫である』は、当初「猫伝」という味

も素っ気もないタイトルだったことからわかるように、漱石に小説への強い野心があったとは考えにくい。「ホトトギス」を主宰する虚子の助言でこの名作のタイトルが定まった挿話を想起してみても、漱石は当初俳人の作品としてこれを書き出した、と見ることも可能だ。

実際、朝日新聞に入社して、小説を本業とするまでの漱石の小説は、俳句との縁が深い。『吾輩は猫である』では、月並をめぐる議論が展開されているし、『草枕』に至っては、漱石本人が「俳句的小説」と銘打って、子規が創始した写生文ばりの情景描写と俳句を並べ、「はじめに」で記したように、俳句とそれに近い東洋の芸術の理想が、西欧芸術の人事・社会意識優先と対比して語られている。

作品ばかりではない。文学者漱石を形作っていく人の縁は、まず何よりも子規との厚い友情から出発した。さらに、子規の後継者に虚子を推すことに賛成し、両者を取り持った。加えて、鳥居素川のような俳人との縁から朝日新聞社の入社を果たしていることを知るにつけ、俳句を介した縁なしに、小説家漱石は誕生しえなかったことが見えてくる。

漱石は小説界で華々しい活躍をし、たちまち一家をなした。作家となって多忙を極めてから、漱石にとって俳句とは何であったのかと言えば、それは桎梏から逃れて、日常を心の友に伝えるツールであった、と自ら語っている。

余は平生事に追われて簡易な俳句すら作らない。詩となると億劫でなお手を下さない。ただ斯様に現実界を遠くに見て、杳な心に些の蟠りのないとき丈、句も自然と湧き、詩も興に乗じて種々な形のもとに浮んでくる。そうして後から顧みると、夫が自分の生涯の中で一番幸福な時期なのである。風流を盛るべき器が、無作法な十七字と、詰屈な漢字以外に日本で発明されたらいざ知らず、左もなければ、余は斯かる時、斯かる場合に臨んで、何時でも其無作法と其詰屈とを忍んで、風流を這裏に楽しんで悔いざるものである。そうして日本に他の恰好な詩形のないのを憾みとは決して思わないものである。

（『思い出す事など』）

俳句という小さくて「無作法」な「詩形」こそが、人間の幸福をもたらすのに恰好のもので、これを愛すると告白している。特に『思い出す事など』で盛んに俳句や漢詩を書きつけるのは、多くもらった見舞いに応えるため、作品の名を借りて手紙を返信しているようなものだ、とも書いているのは、象徴的である。そうした「幸福」な時間が、生死を彷徨う大病からの回復の過程で、取り戻されていったことは逆説的でもある。

倒れてからの漱石は、自分の使命と考える小説を書き続けながら、余命の長くないことを覚悟し、俳句に再び戻ってくる。残りの「生」を惜しむように、俳句の世界に遊んだのである。

俳句はそもそも、個人の創作という観念から程遠い存在だ。戦後になっても、その挨拶性を指摘する言説は、山本健吉を筆頭に枚挙に遑がない。

漱石の例をみてみよう。

折り添て文にも書かず杜若　　漱石（明治三〇年）

子規へ送った句稿の中の即興めかした一句だが、手紙にわざわざ「杜若をお目にかけ候」などとは書きつけず、くだくだと長くなく、「挨拶」だけして、健康的な「艶」のある杜若を送ったことが彷彿とする。手紙を送った人間と送られた人間との間に、横たわる「優美」な感覚が一句の眼目と言えよう。

現代は、漱石の時代から見れば、贈答品の中身ははるかに贅沢になり、遠く隔たった場所でも、安全に贈ることが可能になった。だが、それと反比例するかのように、生活に「美」や「余裕」を取り込もうとする交際文化は、かなり失われてしまったのではないか。問題はモノではなく、言葉と心なのだ。

さらに、私信は一面日記に通じるプライベートな心を表現し、それを書きとめていくメディアでもある。人と人が織りなす日常のドラマの一コマを描き、気取りのない交際をとりもつのが、俳句だったわけである。

さらに、「日記」といえば、後に高浜虚子が「ホトトギス」で自分の作句活動を「句日記」と称して公開したことが思い合わされる。虚子はこれを単行本化する時、精選された句集ではないことを断りつつ、「心の生活は深く湛えたる潮であり、詩は表面の波であるとも言える」（第一巻）と序に書いた。単行本化は六冊に及び、昭和五年から亡くなる三四年まで足掛け三〇年、営々とこれを続けてきたのみならず、単行本化に際して、句の取捨・推敲を行っている事実からして、「日記」の形態こそが、俳句の本質であると捉えていたことを暗示する。

漱石の句に戻って、見てみよう。

水仙の葉はつれなくも氷哉　　漱石（明治二八年）

水盤の上に活けられた水仙も花をつけてはいるが、今朝は氷が張って、葉先も凍っているのだろう。ここが「根」でないことは注意を要する。「つれなくも」とは、少し月並の匂いもしないではない主観が露出しているが、寒さに何かをたよりにしようとして、根から生えながら葉先も氷に閉ざされた様をこう詠んだのだろう。深刻な同情ではないが、微細な神経が、水仙の根と葉先の双方に行き渡っていたのが確認できる。

早逝した兄嫁、淡雪の精のような文鳥、この花に生まれ変わりたいとまで詠んだ菫等々。漱石の神経は、小さいもの、儚いものに行き届きすぎるアンテナを張る。妻鏡子の証言によれば、精神が荒れて不調の時は大きくしか書けなかった文字が、心身の健康を取り戻すとどんどん小さくなっていったというが、この神経の細かさが、彼を胃病に追い込んだものと想像できる。

ここに選んだ百句もまた、漱石の「日記」に代わるものであり、そのツールとして俳句が選ばれていた事実を肝に銘じておきたい。

子規無しに近代俳句はなく、その子規と肝胆相照らした漱石無しに日本の近代小説もない。その子規から感化を受けた漱石が、俳句を生きることで、「幸福」を得ていた事実とその重みを、俳句に関わる人は無論、俳句を知らない漱石ファンも、忘れてはならないと思うのである。

「手紙」や「日記」といった「日常」の人々との親和という小さな営みを礎に、地に足のついた文学世界を紡いでいった子規・漱石・虚子の存在は、大人《たいじん》の風格を以て、性急な欧化を焦る動きへの批判者の位置を占めていたことに気づかされるはずである。

【主要参考文献】

『定本漱石全集』第一七巻　岩波書店　2019
井上泰至『子規の内なる江戸』　角川学芸出版　2011
同『近代俳句の誕生』　日本伝統俳句協会　2015
同『正岡子規』　ミネルヴァ書房　2020
岸本尚毅『文豪と俳句』　集英社新書　2021
神野紗希『日めくり子規・漱石』　愛媛新聞社　2018
小宮豊隆・寺田寅彦・松根東洋城『漱石俳句研究』　岩波書店　1925
坪内稔典『漱石俳句集』　岩波文庫　1990
坪内稔典『俳人漱石』　岩波新書　2003
半藤一利『漱石俳句探偵帖』　文春文庫　2011
古田　亮『特講漱石の美術世界』　岩波書店　2014
村山古郷『文人の俳句』　桜楓社　1965

初句索引

あ 行

か 行

さ 行

た　行

な　行

は　行

ま　行

や　行

わ　行

季語索引

著者略歴

井上泰至（いのうえ・やすし）

昭和36年、京都市生まれ。日本文学研究者。専攻、江戸文学・近代俳句。日本伝統俳句協会副会長。防衛大学校教授。俳句関係の著書に、『子規の内なる江戸』『近代俳句の誕生　子規から虚子へ』『俳句のルール』（編著）『正岡子規　俳句あり則ち日本文学あり』『俳句がよくわかる文法講座』（堀切克洋と共著）『山本健吉　芸術の発達は不断の個性の消滅』『渾沌と革新の明治文化』（編著）『俳句のマナー、俳句のスタイル』がある。

連絡先　yinoue@a011.broada.jp
現住所　〒153-0063
　　　　東京都目黒区目黒2-6-14-801

発　行　二〇二四年六月一二日　初版発行　二〇二四年九月一日　二刷
著　者　井上泰至 ©Yasushi Inoue
発行人　山岡喜美子
発行所　ふらんす堂
〒182-0002　東京都調布市仙川町一―一五―三八―2F
TEL（〇三）三三二六―九〇六一　FAX（〇三）三三二六―六九一九
URL https://furansudo.com/　E-mail info@furansudo.com

夏目漱石の百句

振　替　〇〇一七〇―一―一八四一七三
装　丁　和　兎
印刷所　創栄図書印刷株式会社
製本所　創栄図書印刷株式会社
定　価＝本体一五〇〇円＋税
ISBN978-4-7814-1671-7　C0095 ¥1500E

●百句シリーズ

★＊『高濱虚子の百句』岸本尚毅
＊『後藤夜半の百句』後藤比奈夫
★『藤田湘子の百句』小川軽舟
★『飯島晴子の百句』奥坂まや
『綾部仁喜の百句』藤本美和子
『清崎敏郎の百句』西村和子
『右城暮石の百句』茨木和生
『芝不器男の百句』村上鞆彦
『山口青邨の百句』岸本尚毅
＊『鷹羽狩行の百句』片山由美子
『杉田久女の百句』伊藤敬子
『鈴木花蓑の百句』伊藤敬子
『鍵和田秞子の百句』藤田直子
『波多野爽波の百句』山口昭男
『森　澄雄の百句』岩井英雅
『橋本鶏二の百句』中村雅樹
『加藤楸邨の百句』北大路翼
『能村登四郎の百句』能村研三
『宇佐美魚目の百句』武藤紀子
『佐藤鬼房の百句』渡辺誠一郎
『赤尾兜子の百句』藤原龍一郎
『沢木欣一の百句』荒川英之
『長谷川素逝の百句』橋本石火
『京極杞陽の百句』山田佳乃
『桂　信子の百句』吉田成子
『永田耕衣の百句』仁平勝
『福田甲子雄の百句』瀧澤和治
『石川桂郎の百句』南うみを
『臼田亞浪の百句』西池冬扇
『三橋敏雄の百句』池田澄子
『尾崎紅葉の百句』高山れおな
『細見綾子の百句』山崎祐子
『川端茅舎の百句』岸本尚毅
『平畑静塔の百句』五島高資
『鈴木六林男の百句』高橋修宏
『原　裕の百句』原朝子
『木下夕爾の百句』鈴木直充
『和田悟朗の百句』森澤程
『古舘曹人の百句』丹羽真一
『篠原　梵の百句』岡田一実
『河東碧梧桐の百句』秋尾敏
『夏目漱石の百句』井上泰至
『相馬遷子の百句』仲寒蟬
『皆吉爽雨の百句』石嶌岳
『田中裕明の百句』岩田奎
『竹下しづの女の百句』坂本宮尾

＊＝品切　★電子書籍あり